J. RENARD. P.

LES ROSES

LES BULLES DE SANG

Poésies dites par Mme Danièle Davyle
de la Comédie-Française

PARIS

PAUL SEVIN, ÉDITEUR
8, Boulevard des Italiens, 8
1886

J. RENARD. P.

LES ROSES

LES BULLES DE SANG

Poésies dites par Mme *Daniele Davyle*
de la Comédie-Française

PARIS

PAUL SÉVIN, ÉDITEUR
8, Boulevard des Italiens, 8
1886

LES ROSES

MAREROLLE, del.
PHOTO. E. BERNARD ET Cie.

LES ROSES

Si deux cœurs me donnaient à faire un paradis
    Pour abriter leurs amours closes,
Égrenant le printemps au-dessus de ses murs,
Comme on secoue un arbre où pendent des fruits mûrs,
    Je ne l'emplirais que de Roses,

De Roses pêle-mêle, en folle floraison,
    Toujours fraîches, jamais cueillies,
De Roses qu'on dirait des reines en langueur,
Vibrantes d'incarnat, des parfums plein le cœur,
    Belles Roses enorgueillies,

De Roses au profil coquettement brodé,
La taille dentelée et fine,
Toujours propres comme au sortir d'un bain vermeil,
Avec mignarderie effilant au soleil
Leurs plis légers de mousseline,

De Roses dont la tige enveloppe humblement
Sa nudité d'un peu de mousse,
De ces Roses qui n'ont jamais l'air de poser,
Si bien qu'on n'ose pas, de peur de les briser,
En respirer l'haleine douce,

De Roses rouges comme un astre à son lever,
Rouges comme une grappe mûre,
Ou comme une pudeur, un visage empourpré
De vierge sur le seuil d'un amour préparé,
Ou rouges comme une blessure,

De Roses blanches comme une coupe de lait,
Comme des houppes à la neige,
De Roses pâles comme un linceul d'enfant mort,
Ou comme un front de sœur où le passé s'endort
Parmi les regrets en cortège,

De Roses sans couleur, sans reflet captivant,
Très indolentes dans leurs poses,
Ayant perdu leur teinte à force d'embaumer,
Comme une femme perd jusqu'au désir d'aimer,
Et de Roses simplement roses ;

Toutes versant l'odeur de leur gorge à plein flot,
Une odeur profonde où voltige
Le parfum maladif multiplié dans l'air,
Ou le parfum subtil qui pénètre la chair,
Comme prise dans un vertige,

Et toutes à l'envi, grisant le paradis,
Abri touffu des amours closes,
Où les amants mêlés et lassés de souffrir,
Viendraient paisiblement se coucher, pour mourir
Au souffle de toutes les Roses !

LES
BULLES DE SANG

LES

BULLES DE SANG

J'ai fait un rêve qui me trouble ;
Le souvenir en est si doux
Que je voudrais le mettre en double,
Une page en moi, l'autre en vous.

Je me creusais dans vos caresses
Un nid fragile et réchauffant ;
Je redevenais un enfant
Tout enveloppé dans vos tresses ;

Doucement, avec un cheveu,
Vous me garottiez, et, badine,
Votre main se faisait un jeu
De me déchirer la poitrine.

Vous l'avez toute ouverte ainsi,
Souriante et sans rien me dire;
Et moi, qui me taisais aussi,
Je riais en vous voyant rire.

Mon rouge cœur fut mis à jour,
Rouge et pailleté de veinules,
Et nous nous-mîmes tour à tour
A faire avec mon sang des bulles!

Elles gonflaient, montaient dans l'air,
Et par milliers, sans cesse écloses,
Comme s'il fût né de ma chair
Tout un essaim d'insectes roses.

Au ciel avec agilité
Elles voltigent, continues
Comme un cortège... Est-ce l'été
Qui jette ses fleurs dans les nues?

Les unes, dans l'éther vermeil,
Se pulvérisent, confondues,
Comme la poudre d'un soleil
Couchant qu'on briserait, perdues!

Et d'autres vont moins loin couvrir
Nonchalamment un pli de feuille;
Chacune à l'arbre qui l'accueille
Se pose comme pour mourir.

Un nuage a passé, sans doute,
Gros d'orage, et pendu sans bruit
Un collier de grêle qui luit
A chaque branche de la route.

Comme vous étiez belle ! en vain
Vous m'éparpilliez de la sorte,
Votre gaîté fut la plus forte
Et j'y mis aussi de l'entrain.

Plus fort qu'en un amour farouche,
L'amante se mêle à l'amant,
Nos deux bouches en une bouche
M'apparaissaient confusément.

Humides, rouges, boursoufflées,
Et pareilles, en grossissant,
A deux belles bulles gonflées
Des fines bulles de mon sang,

Et nous les regardions, madame,
Vous, lasse un peu de votre effort,
Moi, comme un enfant qui réclame
Quelques pleurs pour son jouet mort.

Quand je tombai, pâle, sans arme,
A vous, les sens anéantis,
J'espérais au moins une larme
Pour nous être tant divertis.

Mais vous disiez, fouillant encore ;
« Vous a-t-on mis comme un bandeau
Aux yeux ? ce sont des gouttes d'eau,
Et c'est le soleil qui les dore ! »

La vie, avec mon sang diffus
Partit, comme un flot se retire ;
Dans mon rêve il ne resta plus
Que l'éclair de votre sourire.

Quelque jour vous aurez assez
De mon amour qui vous repose,
Et vous me tuerez, je le sais.
Pour qu'il en reste quelque chose,

Peut-être, sans savoir pourquoi,
J'ai mis mon rêve en page double,
Une pour vous, l'autre pour moi,
Mon triste rêve qui me trouble !

J. Renard. P.

PARIS, IMPRIMERIE E. BERNARD & CIE, RUE LACONDAMINE, 71

PARIS. IMPRIMERIE E. BERNARD & CIE, RUE LACONDAMINE, 71